サウルスストリート
博《はく》物《ぶつ》館《かん》
ステゴサウルス
全長：約《やく》９メートル
体重：2.5〜3トン
名前の意味《いみ》：屋根《やね》を持《も》つトカゲ

サウルスストリート

大パニック！よみがえる恐《きょう》竜《りゅう》

ニック・フォーク　作
浜田かつこ　訳
K-SuKe　画

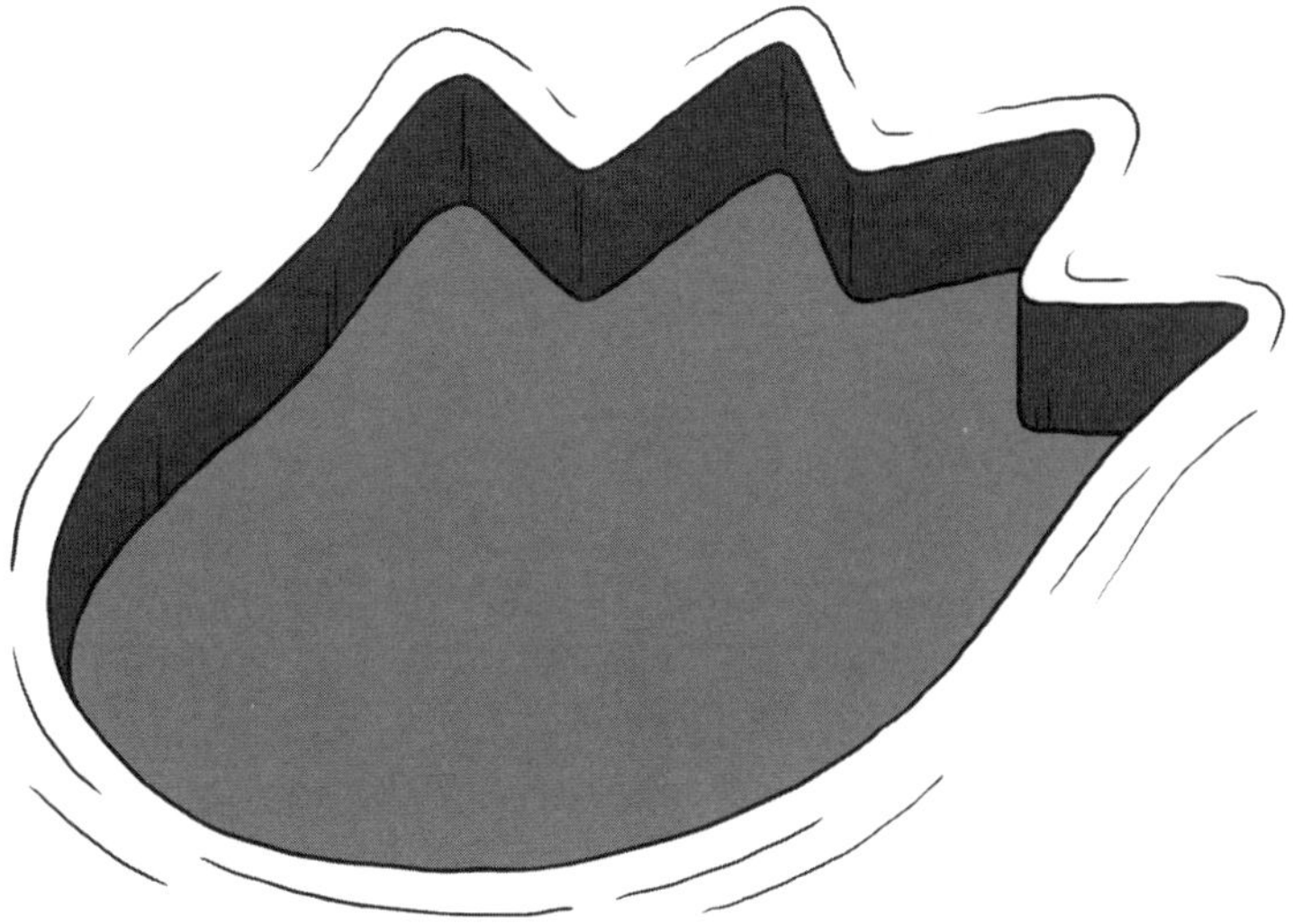

サウルスストリート　大パニック！よみがえる恐竜《きょうりゅう》

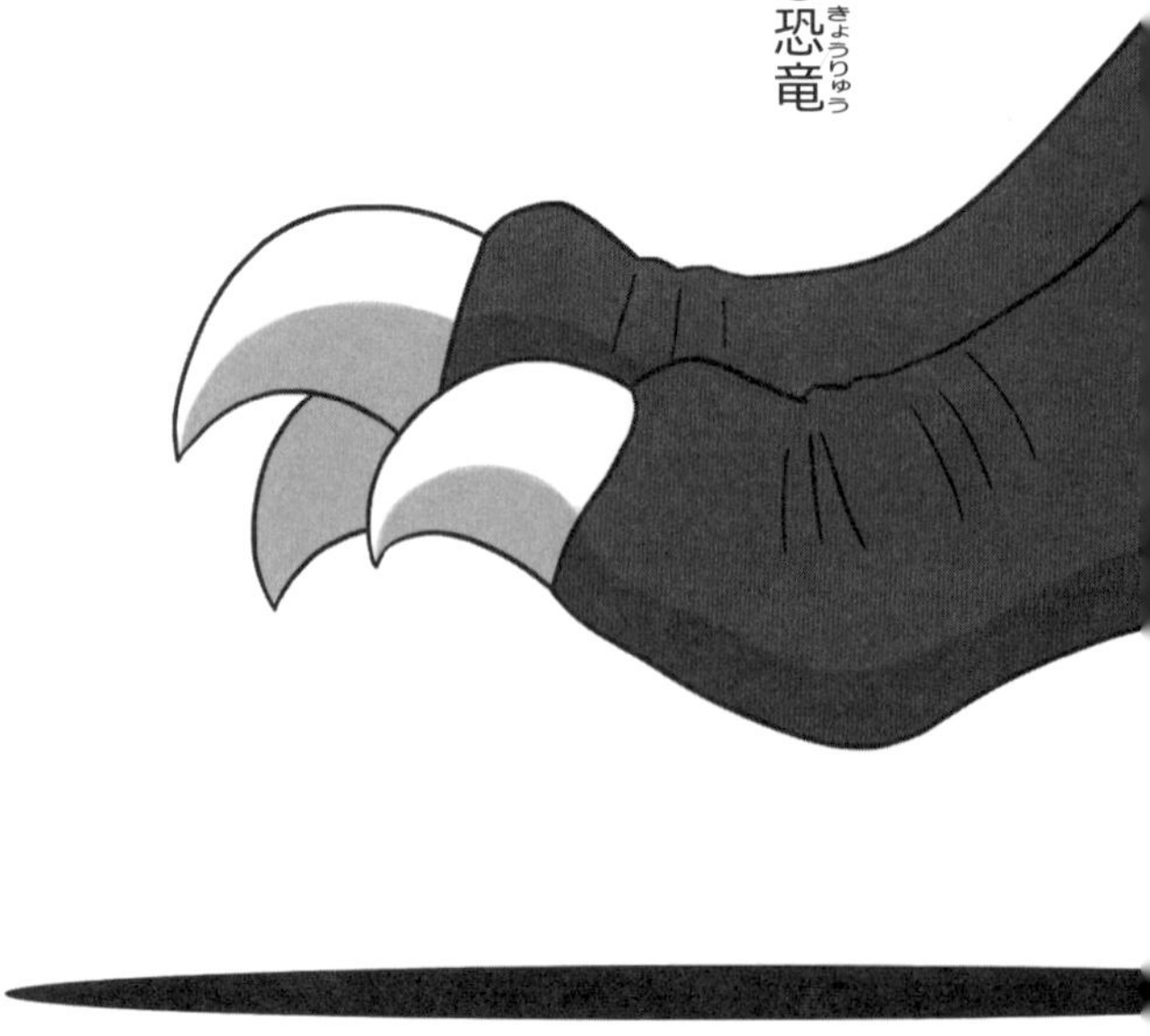

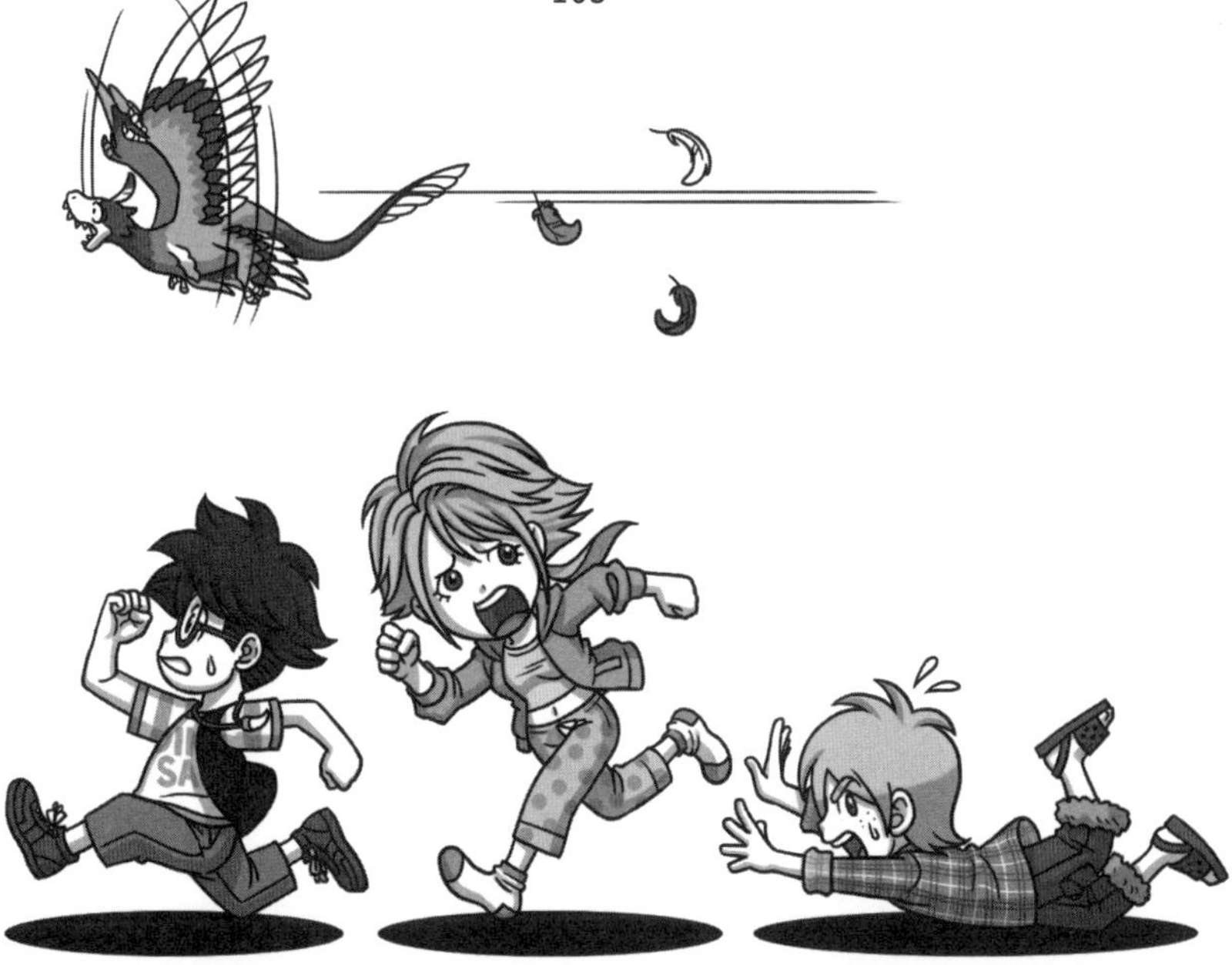

SAURUS STREET
A diplodocus trampled my teepee
by Nick Falk

First published by Random House Australia Pty Ltd, Sydney, Australia.
This edition published by arrangement with Random House Australia Pty Ltd.
through Motovun Co. Ltd., Tokyo.
Japanese edition published by KIN-NO-HOSHI SHA Co. Ltd., 2015

第《だい》1章《しょう》　空想《くうそう》ゲーム

「起《お》きろよ、トビー。いっしょに宝物《たからもの》を見ようぜ」

はっと目をさますと、ぼくはむっくり体を起《お》こした。ジャックはとっくに起《お》きて待《ま》ってたみたいだ。ジャックのパパとジャックのおっかない姉さんのサッフィは、ねぶくろでぐっすりねむっている。今がチャンスだ。

ジャックは、ステゴサウルス形のスクールバッグを開《あ》けた。きょう、ぼくといっしょに砂浜《すなはま》で発見《はっけん》した宝物《たからもの》が全部《ぜんぶ》入っている。ジャックは中身《なかみ》をテントマットの上に広げた。ぼくたち、キャンプしてるんだ。このでっかいファミリーサイズのテントは、ジャックのパパが、木の枝《えだ》とロープとビニールシートで作ってくれたんだよ。

テントでねるなんて、初《はじ》めての体験《たいけん》だった。サウルスキャンプ場は、サウルス・サンズという砂浜《すなはま》に近い森の中にある。サッフィは、家の近くでキャンプするなんてばかばかしいっていうけど、そんなことないと思うな。

キャンプって、わくわくする。とくに夜、外がまっ暗《くら》になったときなんかは最高《さいこう》だ。空を見上げれば、数えきれないほどの星がかがやいているんだから！　その一つ一つが、何十億《おく》キロもはなれたところにある太陽系《たいようけい》の中の恒星《こうせい》だよ。すごいと思わない？

ぼくの両親《りょうしん》はキャンプがきらいなんだ。だから、ぼくはきょうが初《はじ》めてだけど、ジャックの家族《かぞく》はしょっちゅうキャンプをしている。

ジャックは、ぼくの親友。同じサウルスストリートに住《す》んでるご近所《きんじょ》さんで、赤ちゃんのときからのつきあいだ。よくいっしょに冒険《ぼうけん》に出かけるんだけど、おもしろいんだな、これが！　一度《いちど》なんか、大昔《おおむかし》まで時間をさかのぼったこともあるんだよ。ジャックといると、どういうわけか冒険《ぼうけん》にまきこまれちゃう。

「わあ、これ見てよ」

ジャックは長くて先のとんがった巻《ま》き貝《がい》のからを目の前にかざした。

「モンゴサウルスの歯《は》だ。モンゴサウルスは水生恐竜《きょうりゅう》だったんだ。目からレーザー光線を出すし、うろこがとうめいになって姿《すがた》を消《け》せたんだぞ」

ぼくらは「空想《くうそう》ゲーム」を始《はじ》めた。宝物《たからもの》を見つけたら、おもしろい話を作るんだ。相手《あいて》に自分の話を信《しん》じこませたら勝《か》ち。ジャックは、空想《くうそう》ゲームがほんとうにうまい。すごい想像力《そうぞうりょく》の持《も》ち主《ぬし》なんだ。ぼくはへたくそ。想像《そうぞう》するより、計算したり調《しら》べたりするほうが得意《とくい》だからね。そんなぼくでも、このゲームにはつい夢中《むちゅう》になっちゃう。

ぼくは波《なみ》にけずられてすべすべになった緑色《みどりいろ》のガラスのかけらを手に取《と》った。

「これは魔法《まほう》の鏡《かがみ》だ。人魚は自分のしっぽがちゃんとくっついてるか、この鏡《かがみ》をのぞいてたしかめるんだぞ」

ジャックが思わず笑《わら》った。

「うそだあ」

ジャックが笑《わら》うと、ぼくもうれしくなる。友だちってそういうものだよね。

ふいにジャックが息《いき》をのんで、古いつり針《ばり》をつまみ上げた。

「見ろよ、これ！」

「なんだい？」

ジャックはぼくをじっと見つめた。目つきがしんけんそのものだ。

「デイノニクスのかぎづめだよ。正真正銘《しょうしんしょうめい》、デイノニクスのかぎづめの化石《かせき》だ」

ぼくもデイノニクスは知ってる。ラテン語で「おそろしいつめ」って意味《いみ》だ。

ラテン語は、古代《こだい》ローマ人がしゃべっていた大昔《おおむかし》のことば。デイノニクスはそのおそろしいつめを、えものを切りさくために使《つか》ったんだ。いちばんきょうぼうな恐竜《きょうりゅう》のグループに入るだろうな。

でも、このつり針《ばり》はどう見たってデイノニクスのかぎづめには見えないよ。ジャックは空想《くうそう》ゲームに勝《か》とうとしてるだけなんだ。まるで本物《ほんもの》みたいなふりをするのも、ゲームのうちだからね。

ぼくはにっこり笑《わら》った。

「おしい」

ジャックも、にやっと笑《わら》いかえした。勝《か》てたと思ってたんだな。

今度《こんど》はぼくの番。さびた金属《きんぞく》のふたを取《と》って、大まじめな顔をする。

「これは魚のフリスビーだ。学校の昼休みに、魚たちが投《な》げあいっこしてあそぶんだぞ」

ジャックがくすくす笑《わら》いだした。

「魚は投《な》げあいっこなんかできないよ。フリスビー持《も》てないもん！」

次《つぎ》に、ジャックはちっぽけな木の箱《はこ》をつかんだ。古びて黒ずんで、木がくちている。まるでずっと長いあいだ、海の底《そこ》にしずんでいたみたい。

箱《はこ》のふたを開《あ》けたジャックは、息《いき》をのんだ。

「信《しん》じられない」

演技《えんぎ》を始《はじ》めたな。今度《こんど》はなにを思いついたのかな？

ジャックは箱《はこ》をこっちへ向《む》けた。中には、丸くてつやつやしたものが入っている。ちょっと大理石《だいりせき》ににてるなあ。

「これは……」

ジャックは声をひそめた。

「サウルス船長のうしなわれた目玉だ」

第《だい》2章《しょう》　サウルス船長の伝説《でんせつ》

ぼくは、ジャックがにーっと笑《わら》うのを待《ま》った。でも、笑《わら》うどころか、ぴくりとも動《うご》かなかったんだ。ジャックは空想《くうそう》ゲームが得意《とくい》だって、さっきいったよね？

「トビー、ほんとなんだ。ほんとに……」

「なにが？」

「だから、今いったことがさ」

「なんだよ？」

ぼくはにやりと笑《わら》った。

「それが、サウルス船……」

「し――っ。いっちゃだめだ。のろいをわすれちゃったの？」

もちろんおぼえてるさ。サウルスストリートに住《す》む子どもなら、だれだって知ってる。

サウルス船長ほど有名《ゆうめい》なかいぞくはいないからね。恐竜《きょうりゅう》かいぞくだったんだ。ディプロドクスの骨《ほね》でつくった船に乗《の》り、ステゴサウルスのしっぽのとげを義《ぎ》足《そく》に、アロサウルスの曲《ま》がった、するどい歯《は》を義手《ぎしゅ》にしていた。

おまけに片方《かたほう》の目はガラス製《せい》の義眼《ぎがん》だ。魔法《まほう》の目玉だったんだ。伝説《でんせつ》によれば、その目玉をつけると、まっ暗《くら》な夜でも敵《てき》の姿《すがた》が見えたらしい。でも、ある日とうとう、おそろしいかいぞくブラッドブレスに打《う》ち負《ま》かされてしまった。目からぬけ落《お》ちて、海の底《そこ》へしずんでいくガラスの義眼《ぎがん》に、船長はのろいをかけた。

〈この目玉を見つけ、サウルス船長と三回唱《とな》えたら、わしの骨《ほね》がよみがえるであろう……〉

でも、ジャックは本気でいってるんじゃないよね。空想《くうそう》ゲームに勝《か》ちたいだけなんだ。こんなことで、ぼくはだまされないぞ。

「くっだらなーい。これは、サウルス船長のうしなわれた目玉なんかじゃないよ」

「やめろ！」

ジャックがあわてた。

「今ので二回だ。名前を三回いったら、のろいがほんとうになるんだぞ！」

あきれた。やりすぎだってば。

ぼくは手をのばして、大理石《だいりせき》みたいな石をつかんだ。丸くて黄ばんでて、表《ひょう》

面《めん》がけずれてる。まん中に黒くて丸い点もある。なんだかひとみににてるような……え、ちょっと待《ま》って！　これって、ほんとうに目玉じゃないか。

「本気でいってるの？」

ぼくはジャックをまじまじと見つめたまま、小さい声できいた。

「もちろん、本気だよ」

「もう空想《くうそう》ゲームじゃないんだ？」

「うん。ゲームじゃない」

うわあ、すごいや。ぼくはもう一度《いちど》、目玉をながめた。なにでできてるんだろう？　かいちゅう電灯《でんとう》でてらしてみた。やっぱりそうか。目玉を通った光は、にじのような七色にわかれた。これは光の屈折《くっせつ》だ。ということは、この目玉は水晶《すいしょう》だな。去年《きょねん》、サイエンスキャンプにいったとき、光の屈折《くっせつ》について教えてもらったんだ。光って、いろんな色からなり立ってるんだけど、全部《ぜんぶ》が混《ま》じりあうと、ふつうのとうめいな光になる。うまくできてるよね。

「ほら、見て」

声をひそめていうから、ぼくは思わずジャックが指《ゆび》さすほうをのぞきこんだ。目玉の裏側《うらがわ》にこまかい字がほりこまれている。

「セエカヲノモノシワ、ヤリケタキトヲイロノ」

「どういう意味《いみ》だろう？」

ジャックが首をかしげた。

「うーん、大昔《おおむかし》のことばなんじゃないかな。ヤリってことばが入ってるよ」

「ほかには？」

ぼくはもう一度《いちど》読んでみた。

「わからない。ちんぷんかんぷんだ。まちがえてるのかもね。きっとかいぞくは国語が苦手《にがて》だったんだよ」

「あんたたちがかいぞくの話なんかするから、目がさめちゃったじゃない！」

ぼくは、がばっとふり向《む》いた。

サッフィだ。ジャックのおっかない姉さんが起《お》きちゃった。しかも、真夜中《まよなか》に起《お》こされてごきげんななめだ。

「マヌケが二人そろって、なにいじくってんのさ？」

かみつくようにいって目玉をひったくると、サッフィは口をゆがめた。

「うぇー。なにこれ、気持《きも》ち悪《わる》ーい」

「返《かえ》せよ！」

ジャックが思わずいった。

「なによ、えらそうに」

「大切なものなんだ！」

「あんたたちって、ほんとお子さまだよね。いったいこれがなんだっていうの？　サウルス船長のうしなわれた目玉とか？」

ふんと鼻《はな》を鳴らすと、サッフィは目玉をほうってよこした。

「さっさとねなさい。それから、おしゃべりもやめてよ」

サッフィはぶすっとしていうと、またねぶくろにもぐりこんだ。

ぼくはジャックを見た。顔が青ざめている。ジャックはふるえる指《ゆび》で目玉をつまみ上げると、箱《はこ》の中にもどした。

「どうしたんだよ？」

小声でジャックにたずねた。だいたい、これくらいですんでよかったんだ。サッフィにしては、まだやさしいほうじゃないかな。

「まずいことになったぞ」

ジャックが声をおし殺《ころ》していった。

「なんだよ？」

「サッフィがあの人の名前をいったろ。これで三回目だ。ぼくたち、のろいをよみがえらせちゃった！」

第《だい》3章《しょう》　よみがえったアンモナイト

ねつけないまま、とうとう朝をむかえた。もうくたくただ。

夜のうちにサウルス船長がおそって来るかもって、ジャックがいいだしたんだ。ぼくが本気で信《しん》じてないとわかると、がいこつや剣《けん》や死体《したい》を食べるうす気《き》味《み》悪《わる》い鬼《おに》の話まで始《はじ》めたんだよ。そのうちぼくもこわくなってきて、ねむれなくなっちゃった。

「なあ、調査《ちょうさ》しにいこうぜ」

ジャックが声をかけた。

いいね！　調査《ちょうさ》するのって大好《だいす》きだ。

ぼくとジャックは、ねぶくろからはい出して、そーっと着《き》がえた。サッフィを起《お》こしたくないからね。いつもおっかないけど、朝はとくにきげんが悪《わる》いんだ。サッフィも笑《わら》ったことがあるらしいけど、ぜったい信じられないや。伝説《でんせつ》なんだよ、きっと。

ぼくらは、ぬき足さし足でテントから出た。外は雨だ。それほど強い雨じゃなかったから、にじが出ていた。にじって、太陽《たいよう》の光が雨つぶを通ったときにできるんだよ。これも光の屈折《くっせつ》。おもしろいよね。

「ジャックのパパは？」

「泳《およ》ぎにいってるよ。毎朝の日課《にっか》なんだ」

「雨がふっても？」

「雪がふってもだよ」

ぼくらは、キャンプ場の中を調《しら》べはじめた。

「なにをさがすの？」

調《しら》べる前に、きちんときいておかなくちゃね。

「足あとだよ。サウルス船長が夜中に来たなら、のこってるはずだ。足があるものはみんな足あとをのこすだろ？　たとえ、がいこつでもさ」

ぼくはあちこちさがしながらも、見つからないんじゃないかと思っていた。

ジャックのほうがぼくよりずっと想像力《そうぞうりょく》がたくましいんだ。のろいも伝説《でんせつ》も、おとぎ話だって信《しん》じている。でも、ぼくが信《しん》じているのは科学だけ。だから、伝説《でんせつ》の正体がなんなのか、わかるんだ。あれはただの作り話さ。作り話がほんとうになるわけないよね。

「早く！　こっちへ来て！」

ジャックが大声で呼《よ》んでいる。

ぼくはあわててかけよった。ひょっとして？　ほんとうにがいこつの足あとを見つけたの？

そうじゃなかった。ジャックが見つけたのは水たまりだ。しかも、大きくてどろ水がたまったやつ。

そんなにおどろくことないと思うけどな。ぼくはもう少し水たまりに近づいた。するととつぜん、水たまりの中からなにかが飛《と》び出《だ》してきて、ぼくのつま先をつかもうとしたんだ。

「うわっ！」

思わず飛《と》びのいた。

水たまりの中に、変《か》わった形のイカみたいな生《い》き物《もの》がいた。大きなうずまき形の貝がらがくっついていて、そこから何本も触手《しょくしゅ》がのびている。

「ジャック、なんだと思う？」

ジャックはかがみこむと、そのイカみたいなものを水たまりからそっとつまみ上げた。動物《どうぶつ》のことなら、ジャックにきけばいい。恐竜《きょうりゅう》みたいにでっかい動《どう》物《ぶつ》のことだってよく知ってるんだ。

「信《しん》じられない。これ、アンモナイトだよ！」

「え、なんだって？」

「アンモナイト。貝の一種《いっしゅ》だ」

ぼくはアンモナイトをしげしげとながめた。

「貝が水たまりにいるわけないよね」

「ていうか、こんなのが生きてるなんておかしいんだ。アンモナイトはぜつめつして、化石《かせき》になってるはずだもん」

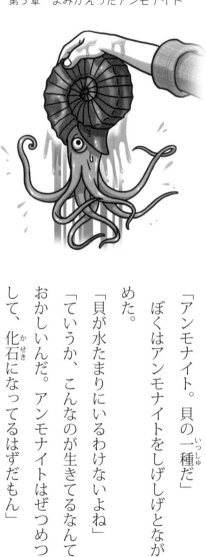

アンモナイトの小さな触手《しょくしゅ》がもぞもぞうごめいている。どう見たって、これは化石《かせき》じゃないな。

「だったら、なんでこんなところにいるのかな？」

「わかんない。でも、ぜったいに変《へん》だよ」

首をひねりながら、ジャックはアンモナイトを静《しず》かにもとの場所《ばしょ》にもどした。

そのとき、さけび声が聞こえてきた。

第《だい》4章《しょう》　小さな侵入者《しんにゅうしゃ》

さけび声はテントのほうからだった。ぼくとジャックがあわててもどると、サッフィがテントの外に出ていた。パジャマのまま、ぴょんぴょんはね回っている。

「中になにかいる！」

サッフィは金切り声でいった。

「なにがいるの？」

「なにか……よ」

ジャックにきかれて、サッフィは息《いき》をつまらせながら答えた。

三人でテントの外にじっと立ったまま、耳をすませてみた。たしかに中から物音《ものおと》が聞こえる。ギィーとこすったり、キーキーするどくさけんだり、ガリガリひっかいたり。

「やつだ」

ジャックが声をひそめ、目を丸くしてぼくを見た。

「サウルス船長だ」

ビリビリビリ！

なにかがさける音がした。がいこつのかいぞくが、ねぶくろを切りさいているんだ。まさか、のろいがほんとうになるなんて。

「さがってなさい！　パパが中に入ろう」

うしろから声が聞こえた。

ジャックのパパだった。ビーチから帰ってきたんだ。バナナ色の水泳《すいえい》パンツ姿《すがた》で、テントに向《む》かって大またで近づいていく。

ジャックのパパがテントに手をかけたしゅんかん、ぼくは前へ飛《と》び出《だ》していた。親友のパパがくしざしにされるのを見殺《みごろ》しにはできないからね。かいぞくがテントにいる責任《せきにん》の三分の一は、ぼくにあるんだ。二回目に船長の名前を呼《よ》んじゃったから。

「いっしょにいくよ」

ジャックがいいだした。

止めようとするジャックのパパに耳をかさず、ぼくらはふうっと深呼吸《しんこきゅう》すると、思いきってテントの中へ入っていった。

中はうす暗《ぐら》かった。明るい朝の光の中にいたせいか、目がなれるまで数秒《すうびょう》かかった。

「どこにいるのかな？」

ジャックがささやいた。

まわりを見回してみる。大きくておそろしいかいぞくのわりに、サウルス船長はかくれるのがじょうずだ。

「あそこだ！」

ぼくのねぶくろの下で、なにか動《うご》いてるぞ。なんだかわからないけど、かなり小さい。サウルス船長って、小がらなかいぞくだったのかな？　それとも、いくつかの骨《ほね》だけがよみがえったのかな？　もし頭と足だけだったら、笑《わら》っちゃうよね。

「いいか？　三つ数えるぞ」

ジャックが声をかける。

二人で足音をしのばせてねぶくろに近づいていった。下にひそんでいるものが動《うご》きを止めた。ただのかたまりみたいに見えるけど、やっぱりまだねぶくろの下にいる。きっと飛《と》び出《だ》してきてぼくらをつかまえようと、待《ま》ちかまえてるんだ。

「イチ」

ジャックが小さい声で数えはじめた。

ひざを曲《ま》げてかまえる。

「二」

ねぶくろをしっかりつかむ。

「サン！」

思いっきりひっぺがした。

ギャ――――ッ！

なにかが飛《と》びはねながら、ぼくらに向《む》かって突進《とっしん》してきた。小さくて緑色《みどりいろ》で、かぎづめがあって、歯《は》と羽がはえている。

羽？　たしかサウルス船長には羽なんかはえてなかったと思うけどな。もしかして、船長のオウムをよみがえらせちゃったのかな？　かいぞくのオウムのゾンビなんて、めずらしすぎるよ。

その羽のはえた生《い》き物《もの》は、すごいいきおいでテントを横切《よこぎ》って、リュックサックのうしろに身《み》をひそめた。ちょっとおびえているようだ。

二人でじわじわと近づいていく。ぼくは料理《りょうり》用のおたまをしっかりにぎっていた。かみつかれそうになったときのためだ。かいぞくのオウムのゾンビにがぶりとやられたら、命《いのち》にかかわるかもしれないからね。こわごわリュックのかげをのぞきこんでみる。

かくれていたのは、あざやかな色のはちゅう類《るい》だった。緑《みどり》、赤、青、前足には黄色い羽がびっしりとはえている。そいつは後ろ足で立ったまま、じっとぼくらを見つめていた。なんていうか、ニワトリとトカゲをかけあわせたような生《い》き物《もの》だ。

「ウ――――ッ」

ニワトリ・トカゲはうなると、かぎづめをむき出した。かん高い声だ。

「これは……」

信《しん》じられないという顔で、ジャックがつぶやいた。

「ミクロラプトルだ」

第《だい》5章《しょう》　大きなトカゲ

「二人ともだいじょうぶか？」

ジャックのパパがテントに飛《と》びこんできた。カヤックのパドルをしっかりにぎりしめ、バシッと一撃《いちげき》をくらわせようとかまえている。でも、ミクロラプトルを見たとたん、

「おや？」

と、パドルをほうり出した。

「こいつはなんだろう？」

ミクロラプトルはジャックのパパに向《む》かって鳴きたてた。といっても、ミクロラプトルはおそろしい恐竜《きょうりゅう》じゃない。あのでっかいティラノサウルス・レックスと同じ時代《じだい》にいたんだ。毎日、びくびくしながら生きてたんだろうなあ、きっと。

「パパ、これはミクロラプトルなんだ」

「ミクロ……なんだって？」

「ミクロラプトル。ちっちゃな恐竜《きょうりゅう》で、白亜紀前期《はくあきぜんき》に生息《せいそく》していたんだ」

「あはは。それがほんとうなら、すごい発見《はっけん》だな」

ジャックのパパはミクロラプトルに近づくと、指《ゆび》を一本さし出した。

パクッ！

ちっちゃな恐竜《きょうりゅう》は、指《ゆび》をにらんでかみついた。

「いてて！」

かまれたほうの手をふりながら、ジャックのパパはにたにた笑《わら》っている。

「元気なチビちゃんだな。なんて名前だろう？」

急《いそ》いでテントを出ると、トカゲの図鑑《ずかん》をさがしにいった。

ぼくはジャックといっしょに、ミクロラプトルがサッフィの服《ふく》をかみちぎるのをながめていた。

「どうしてここにいるんだろう？」

ジャックが首をかしげている。

「わからないよ。また星に願《ねが》い事《ごと》をしたの？」

前にジャックが、恐竜《きょうりゅう》に会いたいって流《なが》れ星《ぼし》に願《ねが》いをかけたら、ほんとうになったことがある。ジャックの願《ねが》い事《ごと》って、すごい強力なんだ。

「いいや、流《なが》れ星《ぼし》も見てないよ」

ぼくは少し考えてみた。考えるのは得意《とくい》だ。たぶん、めがねをかけてるからだね。めがねをかけると、自分の考えもよーく見える。

「わかった！」

「なにが？」

ジャックがきいたとき、ミクロラプトルはくつ下をのみこんでいた。

「これは、サウルス船長ののろいだ。わすれたの？〈この目玉を見つけ、サウルス船長と三回唱《とな》えたら、わしの骨《ほね》がよみがえるであろう〉」

「でも、船長の骨《ほね》はよみがえってないよ」

ジャックはまだわからないみたいだった。

「よみがえったのは、船長が持《も》っていた恐竜《きょうりゅう》の骨《ほね》だ！　アンモナイトやミクロラプトルはサウルス船長のものだったんだよ！」

そのとき、ジャックのパパがまたテントに飛《と》びこんできた。

「よかった！　まだいた！」

『オーストラリアのトカゲ』という本をぱらぱらめくっている。

「さて、おまえはなんていう名前なんだろうねえ？　フトアゴヒゲトカゲかな？　それとも、ロングネック・スキンクかな？　そうか！　わかったぞ！」

得意顔《とくいがお》でジャックのパパは笑《わら》った。

「レサースポット・ギバーリザードだ！」

開《ひら》いたページを見ると、「レサースポット・ギバーリザード。希少種《きしょうしゅ》」ってかいてある。でも、その写真《しゃしん》はミクロラプトルとはまるでちがっていた。

「これはすばらしい発見《はっけん》だぞ！　レサースポット・ギバーリザード。しかも、こんなに大きい！」

「パパ、これはギバーリザードじゃないよ。それに、そんなに大きくもないんだ。これから、もっともっとでっかいのがあらわれると思うよ」

たぶんジャックのいうとおりだ。サウルス船長が集《あつ》めたのは、アンモナイトやミクロラプトルの骨《ほね》だけじゃなかったはずだ。

「なにいってるんだ！　こんなに大きいトカゲはいないさ。こいつは世紀《せいき》の大《だい》発見《はっけん》になるぞ！　きっと専門誌《せんもんし》の『リザード・トゥデイ』にのせてもらえる！」

ジャックのパパは、いそいそとカメラを取《と》りに出ていった。

ぼくらはミクロラプトルをじっと見ていた。ミクロラプトルはもう片方《かたほう》のくつ下もたいらげて、ぬいぐるみに取《と》りかかろうとしている。

「返《かえ》して！」

サッフィは大声をあげて走りよると、テディベアをぱっと取《と》り返《かえ》した。もう十六さいなのに、まだテディベアがないと、だめなんだ。サッフィはふり向《む》くと、ジャックをにらみつけた。

「さっき、もっとでっかいのっていったけど、どういう意味《いみ》？」

「いったとおりだよ。そいつはただのチビちゃんだ」

ミクロラプトルが、ちょっとむっとした顔つきになった。

「なにいってんの。もっと大きいトカゲなんているわけないでしょ」

ばかにしたようにサッフィがいったとき……

ドーン！

ぼくらは、あわててテントの外へ出た。ジャックのパパが森のおくに目をこらしている。なにかすごくでっかいやつが木をおし分けてこっちに向《む》かってくるみたい。

「いったいどうなってんの？」

サッフィがうめいた。

ドーン！

地ひびきがしはじめた。ミクロラプトルはギャーッと鳴くと、ぼくの足のうしろにかくれた。

「なにも心配《しんぱい》しなくていい。たぶん、でっかいカンガルーだよ」

そういいながら、ジャックのパパはおろおろしている。

ドッカーン！

これはカンガルーなんかじゃない。ぼくとジャックは思わず一歩うしろへ下がった。ミクロラプトルも同じように一歩下がる。ジャックのパパが、ぽかんと木のてっぺんを見上げた。すっごく大きな頭が、空に向《む》かってのびている。

その大きな頭は、信《しん》じられないくらい長い首の上にのっかっていたんだ。

ディプロドクスだ。

「これは……」

ジャックのパパがかすれた声でいった。

「おそろしくでっかいトカゲだな」

第《だい》6章《しょう》　キャンプ場は大パニック！

「はなれて！」

サッフィは大声でどなると、父親をつきとばした。

ぎりぎりセーフ。ちょうどジャックのパパが立っていた場所《ばしょ》を、ディプロドクスの巨大《きょだい》な足が音を立ててふみつけた。

ドシン！

もう片方《かたほう》の足は、ぼくらの左側《ひだりがわ》にめりこむ。テントがおしつぶされた。あーあ、ぼくとジャックの宝物《たからもの》もどっかへいっちゃった。

「ここをはなれなきゃ！」

サッフィがさけんだ。

ぼくらはくるりと向《む》きを変《か》えて、丘《おか》をかけ下りはじめた。ミクロラプトルが先頭を切っていく。いき先はわかってるのかな。ぼくにはさっぱりわからないんだけど。

バキッ！

ディプロドクスの特大《とくだい》のしっぽが、ゴーストガムの木にぶつかった。まっ白な幹《みき》が大きな音を立てて、ぼくらのすぐうしろに落《お》ちた。

「あんたたち、いったいなにをしたの？」

サッフィが金切り声をあげた。

「あの目玉なんだ。目玉のせいで、あの人の恐竜《きょうりゅう》がよみがえったんだ」

ジャックが息《いき》を切らしながらいった。

「だれの恐竜《きょうりゅう》だって？」

サッフィが大声で聞《き》き返《かえ》す。

「サウルス船長！」

ドシン！

大きくて重《おも》そうな足が目の前に下りてきて、ぼくらは地面《じめん》の上にひっくり返《かえ》った。

「どうやったら、あいつらをもとにもどせるの？」

サッフィがうめくようにきいた。

うん、いい質問《しつもん》だ。ディプロドクスがいるくらいなんだ。ほかにもでっかい恐竜《きょうりゅう》がひそんでたっておかしくないよね。

ビキビキバリバリ！

耳をつんざくような音が鳴りひびいた。足もとを見ると、地面《じめん》が二つにさけはじめている。ディプロドクスが大地にひびを入れたんだ！

「パパ！」

サッフィが悲鳴《ひめい》をあげた。

見ると、ジャックのパパがわれ目の反対側《はんたいがわ》にたおれていた。きっと飛《と》んできた木の枝《えだ》で頭を強く打《う》って、気をうしなっちゃったんだ。

サッフィが必死《ひっし》に手をのばしてもとどかない。われ目はみるみるうちに大きくなっていった。

おまけに、めんどうなことになっちゃったかも。ディプロドクスが向《む》きを変《か》えて、ぼくらのほうへもどってきたんだ。

「ここにいちゃだめだ！」

ジャックがサッフィにさけぶ。

「パパはどうするの？」

ジャックたちのパパはもう遠くはなれてしまって、ぼくらとのあいだには大きなわれ目がぱっくり口を開《あ》けていた。

「もうあっちには移《うつ》れない。ここをはなれよう。でなきゃ、ぺちゃんこにされちゃう！」

ジャックのいうとおりだ。ディプロドクスは、まっすぐこっちへ向《む》かってくる。しかも急《きゅう》に早足でかけだした。もたもたしてたら、ほんとうにふみつぶされるぞ。

「いこう！」

大声でいうと、ジャックはサッフィの手をひっぱって立たせた。ぼくらはビーチへ向《む》かっていちもくさんににげだした。

「男の子って、なんでやっかいなことばかりひき起《お》こすの？」

サッフィがうらめしそうにいった。

第《だい》7章《しょう》　どうくつで

「もういっちゃったと思う」

ジャックが小声でつたえた。

ビーチのはしにあるせまいどうくつの暗《くら》がりの中で、ぼくらは身《み》をよせあうようにしてかくれていた。ミクロラプトルもすぐそばでちぢこまっている。ペットにしたらかわいいだろうな。

みんなで息《いき》を殺《ころ》して、耳をすませてみる。ディプロドクスはまだ地ひびきを立てながら森の中を歩いていたけど、足音はしだいに小さくなっている。今のところはだいじょうぶなんじゃないかな。次《つぎ》はなにに出くわすか、わからないけどね。

「大マヌケ」

サッフィが文句《もんく》をいいだした。

「なんだって？」

思わずジャックが聞《き》き返《かえ》す。

「大マヌケ！　あんたたち二人のことよ！」

サッフィは立ち上がって、ぷんぷんおこりながらパジャマについた砂《すな》ぼこりをはらった。

「なんでだまってられなかったの？」

がみがみと、サッフィはまくしたてた。

「サウルス船長ののろいのことは、だれでも知ってるはずでしょ」

「サッフィは信《しん》じてなかったんだろう？」と、ジャック。

「だから？」

ぱっと向《む》きなおると、サッフィはジャックをにらみつけた。

「それがどうしたのよ？　だれが見たって、これは船長ののろいよ。あんたたち二人は、そののろいをよみがえらせた大マヌケだっていってるの」

「いや、サッフィは、ほんのちょっと思いちがいをしてるよ」

「なにがいいたいの？」

ぼくはかなりひかえめにいったつもりだったのに、サッフィは目をむいた。

「あのさ……」

ぼくのひざが少しふるえた。

「三回目にサウルス船長っていったのはサッフィなんだ」

サッフィは目を細めると、かたをいからせてぼくに向《む》かってきた。

「全部《ぜんぶ》あたしのせい？」

ぼくは息《いき》をのんだ。ティーンエイジャーは恐竜《きょうりゅう》よりもずっとずっとおそろしい。こまったことになったぞ。

「あの……」

ぼくはことばにつまってしまった。

サッフィはぼくをどうくつのかべまで追《お》いつめ、顔をぐっと近づけた。

「だったら、あんたたちがあのふざけた目玉を見つけたのも、あたしのせいってこと？」

とつぜん、ひらめいた。

「あの目玉……。そうだ！」

「なんなのよ？」

サッフィがまゆをつり上げた。

「目玉にある文字。あれは大昔《おおむかし》のことばなんかじゃない。逆《さか》さ読みだ！」

ほんと、ぼんやりしてた。どうしてもっと早く気づかなかったんだろう？

サッフィがジャックをふり返《かえ》っていった。

「親友のめがね君《くん》が、とうとうおかしくなっちゃったわよ」

でも、ジャックはサッフィには目もくれず、大喜《おおよろこ》びでにこにこしている。ぼくと同じことを考えてたんだ。ジャックはポケットから木箱《きばこ》をひっぱり出すと、中から目玉を取《と》り出《だ》した。三人でより集《あつ》まって、目玉をのぞきこむ。

「トビーのいうとおりだ」

やっぱりそうだ。まちがいじゃなかった。逆《さか》さまになってただけだ。もっとじっくり調《しら》べなきゃいけなかったんだ。

「ノロイヲトキタケリヤ、ワシノモノヲカエセ」

ジャックが声に出して読んだ。

「それ、どういうこと？」

サッフィはまだわからないみたいだから、ぼくがきっちり教えてあげた。

「この目玉だよ！　これをサウルス船長に返《かえ》したら、のろいがとける。すべてがまたもとどおりになるんだ！」

「でも、どうやって返《かえ》せばいいのよ？　いっとくけど、船長はもう死《し》んでるんだからね」

そんなのいわれなくたってわかってる。サウルス船長は百年以上《いじょう》も前の人だ。生きてるほうがおかしいよ。

「ちょっと待《ま》って。ほかにもなにか入ってる」

ジャックが声をあげた。

木箱《きばこ》の底《そこ》に板《いた》が一枚《まい》はめこんであったんだ！　さっきジャックがたおれたときに、ぱっくりわれたみたい。板《いた》の下には一枚《まい》の紙がかくしてあった。船長がこっそりと手がかりをのこしたにちがいない！

紙は古びて茶色くなり、今にもやぶれそうだった。かなり昔《むかし》のものだ。

ジャックは気をつけながら、急いで紙を広げた。

「地図だ！」

ジャックが息《いき》をのむ。

うわあ、本物《ほんもの》のかいぞくの地図だ！　裏《うら》にきたない字でなにかかいてある。

〈秘密《ひみつ》の地図　サウルス船長は世界的《せかいてき》に有名《ゆうめい》な古〉

地図はちょうどまん中でちぎれていて、〝古〟のあとになにがかいてあるかわからなかった。のこりの半分はないけど、そんなことはどうでもいいや。この半分が、ぼくらには必要《ひつよう》なんだ。きっとそうだ！

「なにがかいてある？　どこへいけばいいのかな？」

ぼくはいきおいこんでたずねた。かいぞくの地図だとわかってわくわくしていたんだ。

「なにも」

ジャックはきょとんとしている。

「なにもって、なんだよ？」

ジャックは完全《かんぜん》にいっぱいくわされたって顔をしていた。

「なにもないんだ」

ジャックがさし出した地図の表側《おもてがわ》には、ほんとうになにもなかった。線も、×印《じるし》も、なーんにもない。ただ左上のすみに、さっきと同じ字で走りがきがしてある。

〈わしの目専用《せんよう》〉

「かして！」

サッフィがぼくの手から地図をひったくった。

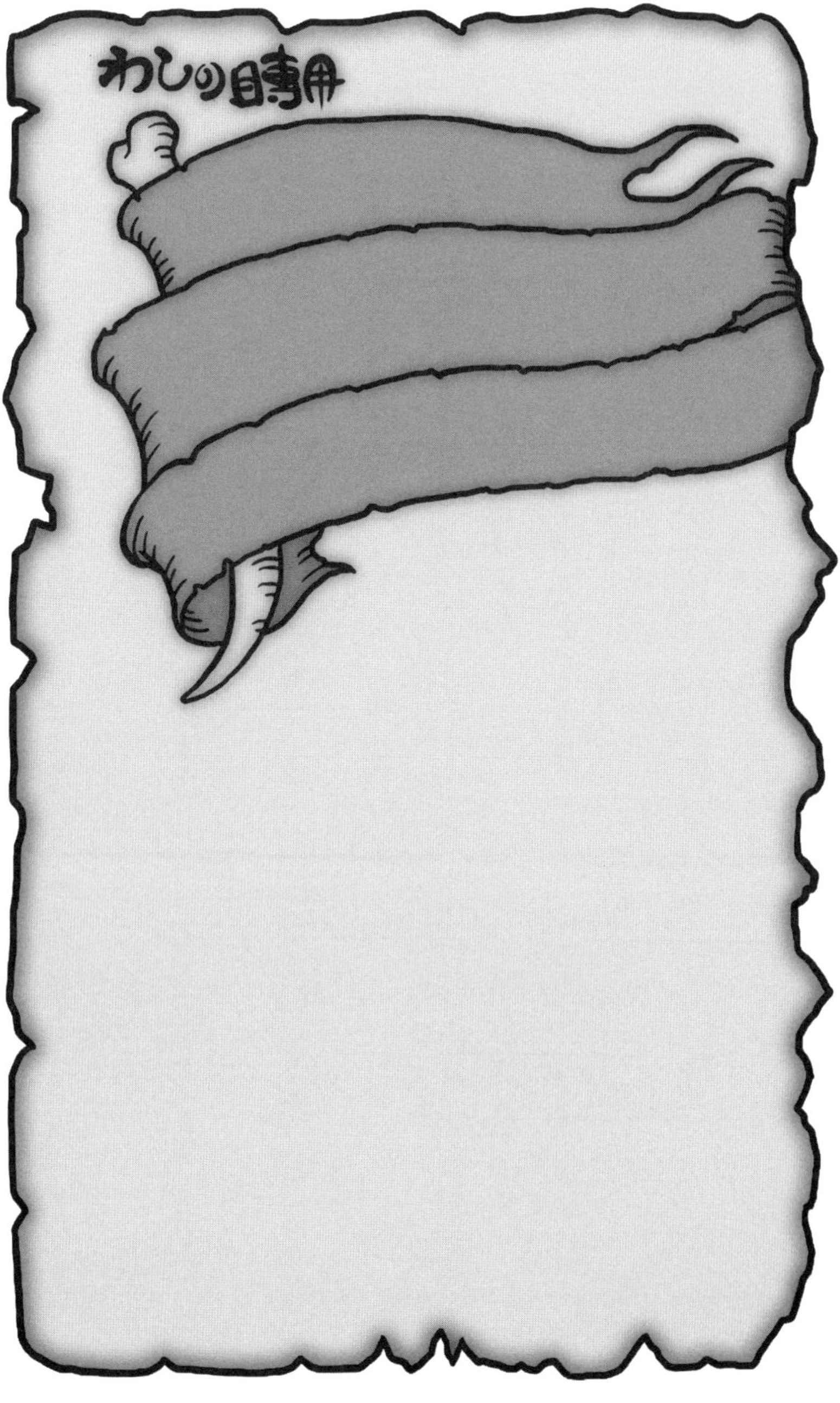
わしの目專用

「こりゃいいわ。まったくの役《やく》立《た》たずじゃない。こんなんでどうしろっていうのよ？」

二人とも答えられない。みんな無言《むごん》のまま、じっとつっ立っていた。ミクロラプトルもおとなしく立っている。

「ぼくらにできることは一つしかない」

ジャックが口を開《ひら》いた。

「なに？」

ぼくとサッフィが同時にきいた。

「かいぞくになったつもりで考えてみるんだ」

第《だい》8章《しょう》　わしの目専用《せんよう》

「アルルルル」

ぼくはうなってみた。

「アールルルルル！」

ジャックも声をはり上げる。

ちょっとはかいぞくらしく聞こえたかな。でも、これは役《やく》に立ちそうになかった。地図は白紙のままだし、なにをどうしたらいいか、さっぱりわからない。

ぼくとジャックは、あぐらをかいてどうくつの地べたにすわっていた。サッ

フィは、ぼくらのうしろをいったり来たり。かいぞくになったつもりで考える
のはいやみたいだ。やってみたらってすすめたけど、きっぱりことわられた。
「モンティをかたにのせてみたらどうかな?」
ぼくはジャックにいった。
「モンティ?」
「ミクロラプトルだよ」
ミクロラプトルのモンティは、どうくつのすみっこをぴょこぴょこはね回っ
ては、虫をほおばっている。モンティって、ぴったりの名前だと思うな。こい
つはモンティって感《かん》じだ。
「いや、そんなことしたってむだだよ。羽だってオウムより少ないし、しゃべ
れないもん。かいぞくのオウムならしゃべるはずだろ」
ジャックのいうとおりだ。恐竜《きょうりゅう》にしては小さいけど、モンティはどう見たっ

てオウムじゃないからね。でも、ひょっとしたらおしゃべりは教えこめるかもしれない。ミクロラプトルはとっても頭のいい恐竜《きょうりゅう》なんだ。白亜紀《はくあき》の恐竜《きょうりゅう》の中ではトップクラスに入るんじゃないかな。

「しんけんに考えないとな。かいぞくがほしい物《もの》ってなんだろう？」

ジャックはほおづえをついた。

「お宝《たから》か、戦利品《せんりひん》。どっちかだね」

「だよな。それをひとりじめしたがるんじゃないかな？」

「ぜったいにそうだ」

ぼくは大きくうなずいた。

かいぞくは分けあうのをすごくいやがったんだ。弟のルイスとおんなじだ。

ルイスは赤ちゃんだけど、お兄ちゃんのぼくにおもちゃをさわらせてくれない。

ルイスならりっぱなかいぞくになれるんだろうな。

「だから地図に〈わしの目専用《せんよう》〉ってかいてあるんだな。ほかのだれにも見られたくないんだ」

たしかにジャックのいうとおりだけど、やっぱりわからない。だって、地図にはなにもないんだ。見たがる人なんているかな？

「〈わしの目専用《せんよう》〉……」

サッフィがぶつぶつひとりごとをいっている。

「船長の目……か！　あっそ！　あたしたち、ほんとにぼーっとしてた！　どこにあんの？」

サッフィはかみにつけていたヘアゴムをぐいっとひっこぬいた。

「なにが？」と、ジャック。

「目玉よ。早くかして！」

ジャックは船長の目玉をさし出した。サッフィはジャックの手からひったくると、ヘアゴムをまきつけていく。ぼくとジャックはわけがわからず、ぽかんと見ていた。

「ほら」

サッフィは仕上《しあ》がりを満足《まんぞく》そうにながめると、ヘアゴムつきの目玉をぼくのほうへ持《も》ってきた。

「さあ、つけてみて」

サッフィはヘアゴムをいっぱいいっぱいにひきのばした。

「なにするんだよ？」

ぼくは一歩あとずさった。

「かいぞくになりたいの？　なりたくないの？」

ぶっきらぼうにサッフィがきく。

「そりゃ……なりたい」

「じゃあ、つけて！」

サッフィはぼくのあごをつかむと、さっとめがねをはずした。そして、のばしたヘアゴムをぼくの頭にかけたんだ。めちゃくちゃきつい。脳《のう》みそがぎゅーっとおしつぶされて、鼻《はな》のあなから出てくるんじゃないかと思った。

「正しい位置《いち》にはめなきゃ」

サッフィはつぶやくと、ヘアゴムをぐいっと左へひっぱった。とちゅうでぼくのかみの毛が何本かぬけた。

「あいたた！」

「しーっ！　ギャーギャーうるさい」

ゴッツン！

船長の目玉が、目のくぼみにすっぽり入った。かなりきゅうくつだ。もともとぼくの目玉があるし、二つ分のスペースはないんだってば。

「これで地図を見て」

サッフィがいった。

「え？」

「地図を見るのよ！　船長専用《せんよう》でしょ。見るときは船長の目玉を使《つか》えってことじゃない！」

サッフィはあきれ顔だ。

ぼくは地図をじっと見た。とたんに、すべてがはっきりした。

「なにか見えるよ！」

「なにが？」

ジャックがたずねる。

「地図だ」

ぼくは体じゅうがぞくぞくしてきた。

「点と線。それと文字。×印《じるし》だ！　でっかい×印《じるし》が一つある！」

信《しん》じられない。サッフィのいうとおりだった。サウルス船長の目をとおして地図を見なきゃいけなかったんだ。だから、船長は地図を目玉といっしょにかくしたんだ！

「でも、どういうしくみなんだろう？」

ジャックが首をかしげた。

そのとき、ぴんときた。

「紫外線《しがいせん》だ！　この地図は消《き》えるインクでかかれてるんだ！」

たぶんレモンじるだろう。その昔《むかし》、かいぞくやスパイは秘密《ひみつ》のメッセージをかくのにレモンじるを使《つか》ったらしい。紙に熱《ねつ》をくわえてあぶるか、紫外線《しがいせん》を利用《りよう》して初《はじ》めて、文字が見えるようになっていた。そうか、だからサウルス船長は夜でも敵《てき》の姿《すがた》が見えたんだな。紫外線《しがいせん》をとらえる魔法《まほう》の目玉のおかげで、暗《くら》

わしの目専用
秘密の地図
サワルス船長は
世界的に有名な
湖
沼
宝の山
わしの目専用
森

くても人の動《うご》きがわかったんだ！　空高くまうタカやワシがえものをとることができるのも同じしくみ。紫外線《しがいせん》でわかるんだよ！

ぼくがモンティのほうを見ると、モンティがウインクした。なにもかもお見通しだったんだね。

「じゃあ、いこうか」

みんなに声をかける。

「どこへ？」

ジャックにきかれて、ぼくは地図を指《ゆび》さした。

「サウルスキャンプ場の裏《うら》にあるでっかい丘《おか》。地図ではそこに×印《じるし》がついてるんだ」

その×印《じるし》がめざす場所《ばしょ》だ！　ぼくたち、いよいよかいぞくらしくなってきたぞ。

第《だい》9章《しょう》　ソーセージ

ぼくら三人と一ぴきは、どうくつの外のようすをうかがった。

「なにもいないよ」

ジャックのことばを信《しん》じるしかない。めがねを取《と》ると、遠くがさっぱり見えないんだ。

「ほら、ちゃんとかけて」

サッフィがやっと返《かえ》してくれた。ヘアゴムをもう一つ使《つか》ってめがねのつるとつるをつなぎ、ゴムをのばしてぼくの顔にかける。船長の目玉がめがねのレンズに当たって、コツンと音を立てた。

「ジャックがこの目玉をつけるほうがかんたんじゃないかな？」

「いや、同じ八さいに命《いのち》をあずけるなら、頭のいいほうにしたいのよ」

ジャックが思わずサッフィを見る。文句《もんく》をいいたそうだ。でも、いいあらそってもむだなのはわかっていた。ティーンエイジャーは手におえない。これはおばあちゃんの口ぐせだ。それに、サッフィのいうこともまちがってはいない。たしかに、ぼくはけっこう頭がいい。しょうがないよ。ママゆずりなんだ。

ビーチを見晴らしてみる。すごい！　船長の目玉をとおしてしか見られないものが、すべて目に入ってくる。木々《きぎ》のあいだをはばたく鳥。砂浜《すなはま》をのぞのぞはっていくカニ。まるでスーパーマンになったような気分だ。

「いこう」

ぼくは号令《ごうれい》をかけた。

三人は足早に砂浜《すなはま》を歩きだした。モンティがあわててついてくる。また森をぬけ、キャンプ場を通りすぎていかなきゃならない。地図に「×」がついているのは、その向《む》こうなんだ。

「合図のことばを決《き》めようぜ。また恐竜《きょうりゅう》に会ったときのためにさ」

ジャックがいいだした。

「そうだね。『キョウリュウ』っていうのはどう？」

「だめだよ。長すぎる。いい終《お》わるまでに食べられちゃうよ」

ぼくは考えなおした。

「じゃあ、『ソーセージ』はどうかな？」

ジャックがいっしゅん考えこむ。

「ソーセージか、いいね」

「マヌケども」

サッフィがののしった。

ビーチをつっきると、森の中の上《のぼ》り坂《ざか》に入っていく。最初《さいしょ》にここでディプロドクスに会ったんだ。ほかにもいるかもしれないから、よーく気をつけなきゃね。

「しのび足でいくよ」

ぼくは小さく声をかけた。

全員《ぜんいん》がぼくの命令《めいれい》にしたがった。サッフィもおとなしくついてくる。ぼくらのことはマヌケだと思っても、恐竜《きょうりゅう》には食べられたくないもんね。

ぼくの目には、まわりのどんな動《うご》きもとびこんできた。アリ、ハエ、そのほかの小さな昆虫《こんちゅう》たち、それにカエル。この魔法《まほう》の目玉はすごいや。サウルス船長が暗《くら》やみで目がきいたわけだ。でも、おかげでぼくはちょっとびくびくしていた。チョウチョウが通りすぎるたびに、恐竜《きょうりゅう》かと思って、胃《い》のあたりがおかしくなっちゃう。

「パパがだいじょうぶだといいけど」

サッフィがいった。

ぼくもそう思うよ。まだ食べられてなきゃいいけど。でも、なんていったらいいかわからないや。

坂《さか》の上まで来ると、ぼくらはぬき足さし足でキャンプ場をめざした。ディプロドクスの気配《けはい》はない。それでも、船長の目玉であたりを注意深《ちゅういぶか》く見た。

「ほら、あそこ」

ジャックが遠くを指《ゆび》さした。

地われがさらに広がっている。とてつもなく大きい。三十メートルはありそうだ。そのわれ目のどまん中に、とがった岩がそそり立っていた。地面《じめん》の一部《いちぶ》がわれてできたんだ。岩のてっぺんになにかがのっかっている。そのなにかは二メートルたらずで、あざやかな黄色の水泳《すいえい》パンツをはいていた。

「あれ、パパじゃない？」

サッフィが声をあげる。

ぼくはだまってうなずいた。あの水泳《すいえい》パンツは見まちがえようがない。魔法《まほう》の目玉なしで、一キロ以上《いじょう》はなれたところからだってわかる。

「まだ生きてるかな？」

サッフィがきいた。

目玉ごしにじっと見る。おなかが動《うご》いてるぞ。ウォンバットを丸のみしたか、息《いき》をしてるか……きっと息《いき》をしてるんだ。

「パパをあそこから下ろさなきゃ」

今すぐサッフィのいうとおりにはいかないと思うよ。あちこちでなにかが動《うご》きだしてるんだ。今度《こんど》は、どう見たってチョウチョウじゃない、あれは……。

「トビー、どうしたの？」

「……ソーセー……ジ」

ぼくはひきつった声で答えた。

ジャックとサッフィがかたまった。モンティはちぢこまった。

「どんなソーセージ？」

ジャックが声をひそめてきいた。

ぼくは低《ひく》い木のしげみに目をこらした。わかりにくい。たくさんいて、全体《ぜんたい》がぼやけて見えるんだ。

「べつのディプロドクスかな？　それともステゴサウルス？」

ぼくは首を横《よこ》にふった。もっと小さくて、ずっとおそろしいやつだ。ねんのために、ぼくはもう一度《いちど》見た。やせたしっぽ、するどい歯《は》、きらきら光る小さ

い黒目。それにかぎづめ。長くて曲《ま》がったかぎづめだ。四本の足に一つずつついている。

「デイノニクスだ」

第《だい》10章《しょう》　サッフィの作戦《さくせん》

「早く！　木に登《のぼ》れ！」

ジャックがさけんだ。

モンティは、小さい足をちょこまか動《うご》かして、あっというまにユーカリの木の上へかけ上がった。

「なんで木に登《のぼ》らなくちゃいけないのよ？」

サッフィがつっかかった。

「デイノニクスが来るからだよ」

「だから、なに？　そいつらがなにするっていうの？」

「おなかを切りさいて、内臓《ないぞう》を食べちゃうんだ」

サッフィはまじまじとジャックを見つめた。

「木に登《のぼ》るわよ」

ぼくらはモンティのいる木まで全力《ぜんりょく》で走っていき、はり出している枝《えだ》の上へ必死《ひっし》で体をひき上げた。ふう、あぶないところだった……。

しげみの中から、とつぜん、デイノニクスたちが飛《と》び出《だ》してきたんだ。うなり声をあげ、するどくほえると、歯《は》をガチンとかみ鳴らす。それから、ぼくらに飛《と》びかかってこようとして、おそろしいかぎづめを木の皮《かわ》にはげしくくいこませた。

「なんでこんなやつらがいるのよ？」

悲鳴《ひめい》をあげながらサッフィがきいた。あやうく殺人的《さつじんてき》なかぎづめで足首をひっかかれるところだったんだ。

「サウルス船長だよ。きっとデイノニクスの骨《ほね》も集《あつ》めてたんだ」

ジャックはいった。

「なんでふつうのかいぞくみたいに金や銀《ぎん》を集《あつ》めなかったの？」

サッフィがわめくと、ジャックはかたをすくめた。

「ぼくはいいしゅみだと思うけどな」

ぼくらは上のほうまでよじ登《のぼ》った。モンティはもう、ちょこんとすわっている。おちつきはらってるから、びっくりだ。敵《てき》からにげるのになれてるんだね。

デイノニクスたちが、ぼくらに向《む》かって何度《なんど》ものびあがってくる。オオカミにかこまれてるみたいだけど、こいつらにふわふわした毛ははえていない。

「ねえ、めがねかいぞく、あっちに見えるのはなんなの？」

めがねかいぞくは、ぼくなんだと気づいて、サッフィが指《ゆび》さすほうを見た。

ばかでかいけものがこっちに向《む》かってドスドスと歩いてくる。

「アンキロサウルスだ」

ジャックにも見えてたんだ。だって、あれは見のがしようがない。先史時代《せんしじだい》の戦車《せんしゃ》みたいなやつだからね。頭から背中全体《せなかぜんたい》をよろいのようなかたいこうらでおおわれていて、しっぽの先はがっちりしたこんぼうみたいになっている。

デイノニクスたちがきょりをあけはじめた。アンキロサウルスは、食べたらおいしいかもしれないけど、強いパンチ力を持《も》ってるんだ。

「すごいな。このあたりは化石《かせき》の宝庫《ほうこ》なんだ」

ぼくはつぶやいた。

とつぜん、はるか向《む》こうの谷間からかん高い鳴き声が聞こえてきた。デイノニクスだ。ジャックのパパのにおいをかぎつけたらしい。デイノニクスたちは岩に向《む》かって飛《と》びかかり、かぎづめを使《つか》ってかけ上がろうとしていた。

早く助《たす》けなきゃ！

「もうがまんできない。ねえ、その目玉を返《かえ》したらのろいがとけるって、たしかなの？」

そういうと、サッフィはそでをまくりだした。

「うん」

ぼくとジャックは同時に返事《へんじ》をした。

「すべてもとどおりになるんだよね」

「うん」

「よし。じゃあ、あたしの足をしっかりつかまえてて」

サッフィは枝《えだ》の先のほうへ移動《いどう》していった。

「なんで……」

ジャックがいいかけた。

「しっかりおさえてればいいの！」

サッフィは木の節《ふし》に足をからませ、枝《えだ》から体を投《な》げ出《だ》した。デイノニクスがいっぱくりときてもおかしくないきょりだ！

「なにやってんだよ？　やつら、おそいかかってくるぞ！」

ジャックがどなった。

「ぐじゃぐじゃいってないで、ちゃんとおさえてて！」

サッフィも負《ま》けずにどなり返《かえ》す。

ぼくらはいわれたとおりにした。ぼくとジャックとモンティがいっしょになって足をおさえる。サッフィはなにをするつもりなんだろう？　とうとう頭がおかしくなっちゃったのかな？　どうやらサッフィは手さぐりで、木の下にある物《もの》をつかもうとしてるみたいだった。

ぼくは船長の目玉をとおしてのぞきこんだ。そうだったのか。テントのロープが一本落《お》ちてる！　ディプロドクスがすごいいきおいで走ったときに、この木の下にほうり出していったにちがいない。きっとサッフィはなにか思いついたんだ！

ガルルルル……。

一頭のデイノニクスがサッフィに目をとめた。きょうぼうそうに歯《は》をむき出している。まるで雄牛《おうし》が攻撃《こうげき》をしかけるときみたいに、かぎづめで地面《じめん》をかいた。次《つぎ》のしゅんかん、デイノニクスは突進《とっしん》してきた。

「急《いそ》いで！」

ジャックがさけぶ。

サッフィはぐっと手をのばした。

「取《と》れた！　ひき上げて！」

ぼくとジャックはつかんだ足をひきよせた。めちゃくちゃ重《おも》い。

「さっさと上げてよ！」

サッフィがほえる。

デイノニクスがせまってくる。黒くておそろしいかぎづめをぐっと曲《ま》げて、いつでもおそいかかれる体勢《たいせい》だ。

んが――――！

ぼくとジャックは力をこめてひっぱった。すると、じりじりとサッフィの体が上がってきた。

「ウ――アルルー！」

デイノニクスが金切り声をあげた。かぎづめを木の幹《みき》にくいこませ、反対《はんたい》の足をふり上げる。

せーの！

なんとかサッフィを木の枝《えだ》までひきずり上げた。デイノニクスの足は空を切り、バランスをうしなって地面《じめん》にころがり落《お》ちた。

「せっかくだから、そこでゆっくりしてなさい」

サッフィはデイノニクスにいいはなつと、ロープをたぐりよせた。次《つぎ》に、かたくしばって輪《わ》っかを作っている。

「なにしてるんだよ？」

ジャックがきいた。

「ピンチを救《すく》うのよ。しかたないでしょ！」

結《むす》び目《め》を作りおえると、サッフィはロープを頭の上でくるくる回しはじめた。

投《な》げなわだ！

そして、いきおいをつけてほうった。

シュパ――ッ！

投《な》げなわは矢のように木から飛《と》び出《だ》し、アンキロサウルスの首にかかった。

サッフィは通りがかりのアンキロサウルスに乗《の》せてもらうつもりなんだ！

「よし」

サッフィは体についたほこりをはらった。

「乗馬《じょうば》クラブで十年間きたえた技《わざ》を、見せてあげるわよ」

第《だい》11章《しょう》　木の上からの脱出《だっしゅつ》

ロープを枝《えだ》にくくりつけると、サッフィは結《むす》び目《め》を指《ゆび》さした。

「これは引《ひ》き解《と》け結《むす》び。はしから強くひけば、ほどけるようになってるの」

かみに手をつっこみ、ヘアゴムを三つひきぬいて、ぼくとジャックに一つずつわたした。

「うわ、ほんとにたくさんのヘアゴムを持《も》ってるんだ」

「ヘアゴムはいくつあってもいい。これはガールスカウトの鉄則《てっそく》よ」

サッフィはぼくにウインクした。

おぼえとこう。でも、ぼくの場合はボーイスカウトだけどね。

「よーし。じゃあ、ヘアゴムをロープにかけて、すべっていくわよ」

サッフィは、ターザンみたいにこのロープをすべりおりろっていってるんだ。

「うーん……」

ぼく、運動《うんどう》はあまり得意《とくい》じゃないんだけどな。

サッフィはかたをすくめた。

「自分で決《き》めなさい。ガッツですべるか、ガッツリ食われるか」

サッフィが指《ゆび》さすほうを見ると、木の下にはまだデイノニクスたちがいた。

やっぱり、ずっとここにはいられないよね。

いくしかないか。思えば八年間、いい人生を送《おく》ってきた。ヘアゴムをロープにかけると、ぼくは両《りょう》はしをしっかりとにぎった。モンティがぴょんとかたに乗《の》る。

すごいや、本物《ほんもの》のかいぞくみたいだ。ガラスの目玉と、かたにはオウム。あとはかいぞくなみの勇気《ゆうき》さえあれば、助《たす》かるんだけどな。ぼくは大きく息《いき》をすいこんだ。よし、三つ数えて飛《と》び出《だ》そう。イチ……ニ……。

ボカッ。

サッフィの右足がぼくのおしりにしっかりくいこんだ。ぼくとモンティは、ロープをすべりおりだした。すごい、びゅんびゅんいっちゃう。

ゴチッ！

ぼくはびっくりしているアンキロサウルスの背中《せなか》へ鼻《はな》から着地《ちゃくち》した。

ドサッ！

ジャックがぼくの上に落《お》ちてきた。

アンキロサウルスはおもしろくなかったのか、はねたり、体をゆすったりしはじめた。まるで白亜紀《はくあき》のロデオだ。デイノニクスたちは、小さい目を物《もの》ほし

そうに光らせたまま、うしろに下がって、ぼくらをじっと観察《かんさつ》している。これは一度《いちど》足をすべらせたら、恐竜《きょうりゅう》のおやつだぞ。

スタッ。

ぼくらのうしろに、サッフィがみごとな着地《ちゃくち》を決《き》めた。かんぺきにバランスがとれている。サッフィは引《ひ》き解《と》け結《むす》びを強くひいてほどき、アンキロサウルスの首にロープをかけると、ぐいっとひっぱった。

「どうどう！」

サッフィが大声をあげると、アンキロサウルスはたちまちおとなしくなった。体は大きいけど、おぎょうぎよくするときは、ちゃんとところえてる。この女の子のいうことはきいたほうがいいと思ったんだろう。

アンキロサウルスのかたにひらりとまたがり、サッフィはたづなをにぎった。そのうしろにぼくとジャックははらはらしながらすわり、モンティはちょうどぼくらのあいだにおさまった。

「よし、じゃあ博士《はかせ》、どっちへ向《む》かって進《すす》めばいいの？」

サッフィがきいた。

あ、そうだ。地図だ。ぼくはポケットから注意深《ちゅういぶか》く取《と》り出《だ》し、魔法《まほう》の目玉でながめた。

「このまままっすぐ、もう一度《いちど》、坂《さか》を上るんだ。そうすれば柵《さく》につきあたる。そこをこえたら、×印《じるし》はすぐだよ」

「わかった」

サッフィがたづなを軽《かる》く打《う》つと、アンキロサウルスはころがるように走りだした。

「パパ、がんばって！　かならずもどってきて助《たす》けるからね！」

ジャックがふり返《かえ》ってさけんだ。

第《だい》12章《しょう》　×印《じるし》の場所《ばしょ》

　アンキロサウルスのアーチーは、ふきげんそうに森の中を進《すす》んでいた。アーチーって名前は、さっきぼくがつけたんだ。サッフィにむりやり早足で急《いそ》がされて、アーチーはちょっぴり息《いき》を切らしてるんだろうな。でも、思ったよりも乗《の》りごこちはいい。背中《せなか》のこうらがかたいから、おしりはいたいけど、広くてとてもゆったりしている。生徒《せいと》がまるまる一クラス乗《の》れるくらいだ。スクールバスにだってなれるぞ！

「柵《さく》に着《つ》いたよ」

ジャックがいった。

それは柵《さく》というよりも、折《お》れた棒《ぼう》がならんでるってかんじだった。もともとはキャンプ場に動物《どうぶつ》が入らないよう作られたんだけど、ディプロドクスにはききめがなかったみたい。ぼくは地図をよく見て、指《ゆび》さした。

「こっちだ。丘《おか》の頂上《ちょうじょう》に向《む》かって進《すす》むんだ」

アーチーはドシンドシンと進《すす》んでいった。木々《きぎ》がうっそうとしてくる。こんな森のおくまで入りこんだ人なんているのかな？　まわりからいろんな音が聞こえてくる。ギャーとかグォーとかウウーッとか。このあたりにいる恐竜《きょうりゅう》は、やっぱりモンティやアーチーだけじゃないんだ。

「今度《こんど》はなんだよ？」

ジャックが声をあげた。

これから先は木がすきまなくおいしげり、まわりのけしきが見えなくなって

いる。小枝《こえだ》や葉《は》っぱや太い枝《えだ》がからみあって、トンネルのようになっているんだ。

「ここをまっすぐ通りぬけた向《む》こう側《がわ》が×印《じるし》の場所《ばしょ》だ」

ぼくはいった。

サッフィにかかとでけられ、ぼくらを乗《の》せたアーチーはしぶしぶ足音をひびかせながら進《すす》んでいった。この木のトンネルは、アンキロサウルスにはとってもきゅうくつなんだろうな。おなかをしょっちゅう木の枝《えだ》につつかれてる。おそろしくくすぐったいだろうに、アーチーはむっつりだまりこんだままだった。

ドスッ、ドスッ、ドスッ。

木をおし分けつつ進《すす》んでいくと、急《きゅう》に目の前が大きく開《ひら》けた。ばんざーい！

やっと森から出たぞ！　大喜《おおよろこ》びしたのもつかのまだった。

「うそだろ」

ジャックがつぶやいた。

下を見たら、足もとも大きく開《ひら》けていた。喜《よろこ》んでる場合じゃない。ここにも、地われがあったんだ。九メートルくらいの深《ふか》さだ。ぼくらはそのがけっぷちをふみはずそうとしていた。

「あ―――っ！」

悲鳴《ひめい》をあげながら、ぼくらは地われの底《そこ》の暗《くら》やみに向《む》かって落《お》ちていった。左右に切り立ったがけが飛《と》ぶようにすぎていく。

ドッスン！

落《お》ちたときのショックで、あごがはずれるかと思った。アーチーがうめき声をあげ、体をゆすっている。けっこう平気《へいき》そうだ。きっと足ががんじょうなんだね。

「いったい、ここはどこなの？」

サッフィがきいた。

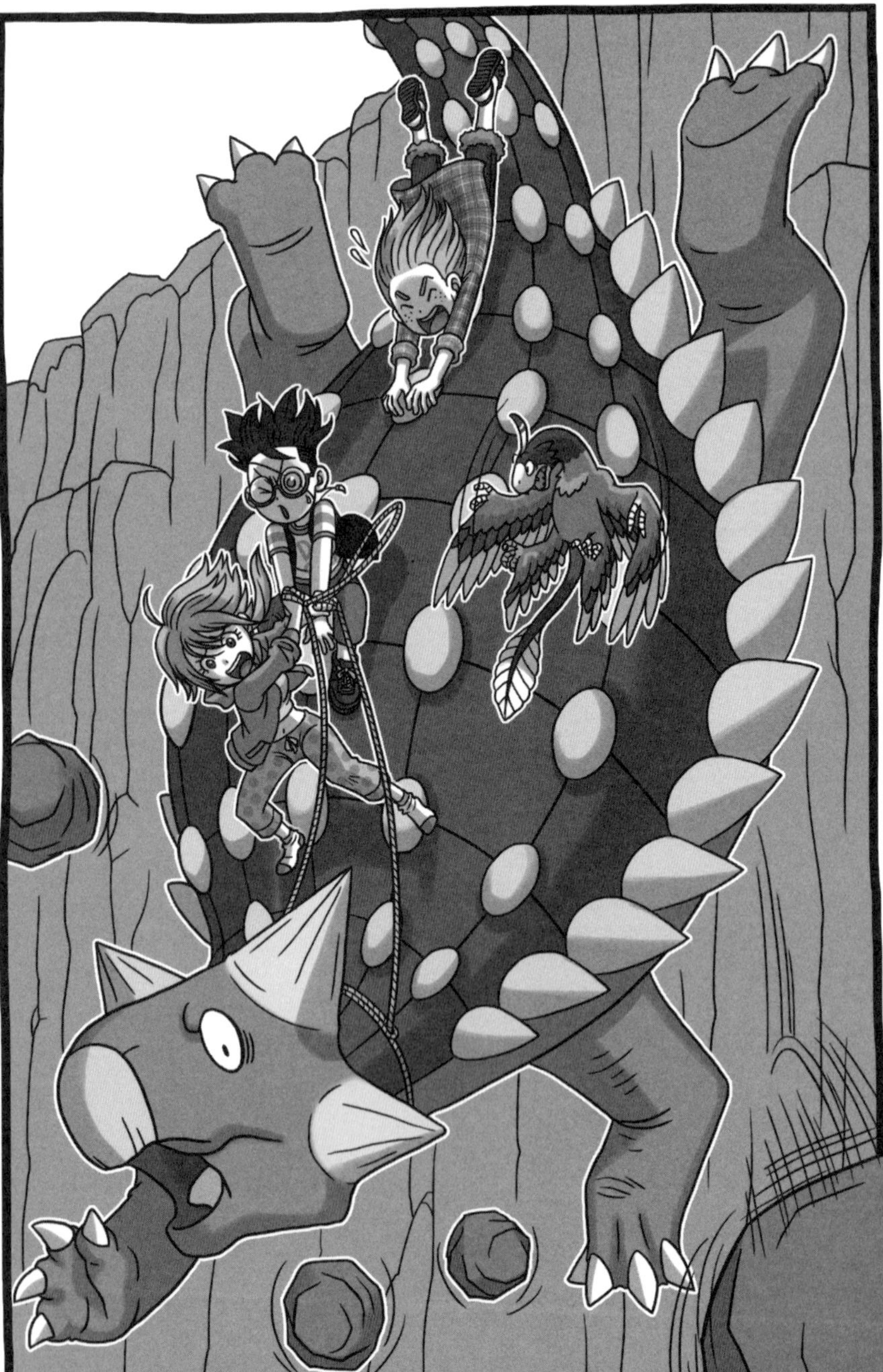

いったいって、いったってなあ。ここは地面《じめん》の下、ディプロドクスがドタドタ走ったせいでできた地われの中だ。ぼくは地図をじっくりと見た。やっぱり目的地《もくてきち》に着《つ》いている。ここが、さがしてた場所《ばしょ》なんだ。

「あれはなんだろう？」

ジャックが前を指《ゆび》さす。

どうも見通しが悪《わる》い。ぼくらはもろい地下の地盤《じばん》の上にいて、まわりを切り立った岩壁《がんぺき》にかこまれていた。岩壁《がんぺき》は上へいくほどすぼまっていて、太陽《たいよう》の光をさえぎっていた。でも、たしかになにかある。ちっぽけな木の小屋《こや》だ。古くなってよごれてかたむいている。きっと百年以上昔《いじょうむかし》のものだぞ。

そうか、あの小屋《こや》なのか。

「よし、じゃあいくよ」

サッフィはアーチーをせきたてた。ところが、アーチーのようすがおかしい。

もたもたして動《うご》こうとしないんだ。ちょっぴりおびえているようにも見えた。

「キーッ！」

モンティがかん高い声をあげる。こっちもぴりぴりしてるみたい。

地面《じめん》の下は暗《くら》くてかびくさくて、ほこりっぽい。なんともうす気味悪《きみわる》かった。それでも、でっかくて、みにくい肉食獣《にくしょくじゅう》なんかはいないだろう。

ガルルルル！

……と思ったのは、早とちりだった。

第《だい》13章《しょう》　サウルス船長最強《さいきょう》の手下

巨大《きょだい》なけものは、暗《くら》がりから姿《すがた》をあらわした。

とにかくばかでかい。頭も、車一台を丸のみできるくらい大きいんだ。そいつは、ぼくらの前に立ちはだかった。かぎづめのあるがっしりした足が地面《じめん》にくいこんでいる。頭をふり上げ、大きく一度《いちど》ほえたてると、谷全体《ぜんたい》がふるえた。

「あのさ、恐竜《きょうりゅう》はもううんざりなんだけど」

サッフィがため息《いき》をつく。

けものは頭を低《ひく》くしてうなった。エメラルドみたいにあざやかな緑色《みどりいろ》の目が

きらきらかがやいている。目は片方《かたほう》しかなかった。反対側《はんたいがわ》の目のくぼみは、たるんだひふにおおわれている。

「信《しん》じられない」

ジャックがつぶやいた。

「なにが？」

「独眼《どくがん》のレックスだ」

「独眼《どくがん》のだれだって？」

「レックスだよ。伝説《でんせつ》じゃ、サウルス船長の手下の中でもいちばんおそれられてたんだ」

それはどうかな。独眼《どくがん》のレックスはおそろしいかいぞくには見えないよ。おそろしいティラノサウルスになら見えるけど。ぼくらを食べようとねらいをさだめた、でっかいおこりんぼ恐竜《きょうりゅう》だ。

「どうしよう?」

ジャックがきいた。

ぼくらはあの小屋《こや》にいかなきゃならない。そのためには独眼《どくがん》のレックスの横《よこ》を通っていくしかない。でも、こっちの思いどおりにさせてくれないいんだろうな。

「よし、決着《けっちゃく》をつけるよ」

サッフィがうなるようにいうと、アーチーのたづなをしっかりにぎりなおした。体を前にかたむけ、ぼくを見すえる。

「あんたたちはあの小屋《こや》へいかなきゃならない。そうだよね?」

「う……うん」

「わかった。じゃあ、いつでも飛《と》びおりられるようにかまえてて」

どういうことかききたかったけど、そんなひまはなかった。サッフィがアーチーをけって全力《ぜんりょく》で走らせながら、ときの声をあげたんだ。

「うわ――――！」

ぼくらは大きな音をひびかせながら、レックスめがけてつっこんでいった。

アーチーがほえ、モンティが金切り声をあげ、ぼくとジャックが大声でわめいた。宇宙《うちゅう》一ばかげた作戦《さくせん》だ。

でも、それがうまくいったんだ！

独眼《どくがん》のレックスは、まさか攻撃《こうげき》されるとは思わなかったみたい。レックスのあごが音を立てて閉《と》じたときにはおそかった。ぼくらはレックスの足のあいだすれすれを、すごいいきおいで通りぬけたんだ。

アーチーがスリップしながら止まった。土けむりがもうもうとまき上がる。

「飛《と》びおりて！」

サッフィがどなった。

「いって！」

ぼくはまわりを見回した。小屋《こや》のすぐそばだ。作戦成功《さくせんせいこう》！

「でも、サッフィはどうするの？」

ジャックがきいた。

「あたしは、あそこにいる老《お》いぼれやろうをなんとかする」

サッフィはレックスのほうをあごでしゃくった。

レックスがふり向《む》いた。かんかんにおこってるみたいだ。でも、サッフィはかいひるまない。レックスをぐっとにらむと、歯《は》をくいしばった。サッフィはかいぞくもおそれないんだ。先史時代《せんしじだい》のかいぞくだってね。

「さあ、いって！」

サッフィがどなりつける。

独眼《どくがん》のレックスがこっちに向《む》かって一歩ふみ出した。

「だって……」

ジャックがいいかけると、

「いけ！」

サッフィがほえた。

レックスが走りだした。サッフィはいどむように大声をはり上げると、アーチーをかりたてた。ぼくとジャックはアーチーの背中《せなか》からころがるようにおりると、小屋《こや》に向《む》かって走った。モンティもぼくらを追《お》ってくる。

ゴギーン！

二頭の大きな恐竜《きょうりゅう》がぶつかりあい、骨《ほね》のくだけるようなにぶい音を立てた。

ぼくは小屋《こや》のドアに手をかけたまま、すばやくふり向《む》いた。サッフィに向《む》かってかぎづめをふりおろすレックスを、アーチーがこんぼうのようなしっぽではらいのけている。大物同士《おおものどうし》の戦《たたか》いだ！

ふり返《かえ》ったサッフィの顔がまっかにほてっている。

「中に入って！　さっさと目玉をサウルス船長に返《かえ》して！」

ぼくとジャックはドアを開《あ》けると、あわてて小屋《こや》の中へ入った。

第《だい》14章《しょう》　最後《さいご》のなぞとき

「なんにもないよ」

ジャックのいうとおりだった。ゆかに骨《ほね》がいくつかころがっているだけで、小屋《こや》の中にはなにもなかった。

「トビー、あれはだれの骨《ほね》だろう？」

「たぶん子どもだよ。ぼくらよりも前にここに来たんだ」

ジャックは、はっとしていった。

「さっさと取《と》りかからなきゃ」

ぼくらはさっそく小屋《こや》を見て回った。小屋《こや》の中は暗《くら》くていやなにおいがした。

いったい、どうすればいいんだ？　サウルス船長はどこにいるんだ？

「ねえ、あれ、なんだろう？」

ジャックが小屋《こや》のすみを指《ゆび》さしている。

ゆかからかたい木の円盤《えんばん》がつき出しているのが見えた。三種類《しゅるい》の形がほりこんである。○と□と△だ。まるで大きなカギ穴《あな》が三つならんでるように見える。

でも、カギはどこ？

「待《ま》って、ジャック。なにか見えてきたぞ」

だんだん目が暗《くら》やみになれてきた。

「文字だ。かべにかいてあるんだ！」

「なんて？」

ジャックには見えないはずだ。地図と同じ消《き》えるインクを使《つか》ってるんだ。

わたしは一番目に暴君、二番目にトカゲ、三番目に王である○
かいぞくから宝物をぬすむにはすばやくなくてはならない□
わたしがおそれられる理由は三つある。その先をつかめるか？△

左目を近づけ、魔法《まほう》の目玉でじっと見てみる。文は三行、それぞれの行の最《さい》後《ご》に○、□、△。まるでなぞかけだ。

「きっとこれが手がかりだよ。かべの○、□、△と、円盤《えんばん》のが対《つい》になってる」

「骨《ほね》がカギなんだ！」

ジャックがゆかにあった骨《ほね》を一つ、つまみ上げた。

「これは子どもの骨《ほね》なんかじゃない。恐竜《きょうりゅう》の骨《ほね》だ」

たしかにそうだ。ジャックが持《も》っている骨《ほね》はとっても大きい。こんな大きい骨《ほね》の子どもは、同級生《どうきゅうせい》のドリス・コズワロップくらいだろうな。でも、ドリスはまだ生きてると思う。金曜日にブランコに乗《の》ってるところを見かけたからね。

バリバリ！

とつぜん、なにかが小屋《こや》のかべをつきやぶった。レックスの頭だ。

「これでもくらえ！　この独眼《どくがん》の怪獣《かいじゅう》め！」

サッフィの金切り声が聞こえる。

きっとなにかを命中《めいちゅう》させたんだ。レックスがほえたてながら頭をひきぬくと、小屋《こや》がガタガタ音を立ててゆれた。急《いそ》がなくちゃ。小屋《こや》がたおれるのも時間の問題《もんだい》だ。

「トビー、早く一番目のなぞかけを読んで！」

ぼくはじっと目をこらした。字がすっごくきたなくて、読みにくい。

「わたしは一番目に暴君《ぼうくん》、二番目にトカゲ、三番目に王である」

ジャックがにやりと笑《わら》った。

「それならかんたんさ。ティラノサウルス・レックスだ！」

あっそうか！　ティラノ＝サウルス＝レックスはラテン語で、暴君《ぼうくん》＝トカゲ＝王って意味《いみ》なんだ。

「だったら、これがカギだ！　ティラノサウルスの歯《は》だ、まちがいない！」

ジャックはでっかいギザギザの歯《は》を取《と》り上《あ》げると、すぐさま円盤《えんばん》へかけよった。小屋《こや》の外にいるレックスの歯《は》じゃなきゃいいけど。取《と》りもどしに来られちゃこまる。

「トビー、どの穴《あな》につっこめばいい？」

ぼくはかべを見た。

「一番目だから、◯だ！」

ジャックはティラノサウルスの歯《は》を◯のカギ穴《あな》におしこんだ。

ゴロゴロゴロ。

円盤《えんばん》が左向《ひだりむ》きに回転《かいてん》する。ゆかにすきまがあきはじめた。ゆか下になにかあるぞ！

「よし、じゃあ次《つぎ》は？」

ジャックがたずねたとたん、

バリバリバリ！

アーチーのしっぽが小屋《こや》のかべをやぶり、ぼくの鼻先《はなさき》数ミリのところで止まった。

「さっさとやってよ！　長くはひきとめられないんだから！」

サッフィがわめいている。

「二番目を読んで！」

ジャックがさけぶ。

ぼくはかべをにらんで、声に出して読んだ。

「かいぞくから宝物《たからもの》をぬすむには、すばやくなくてはならない」

ジャックはぼくをじっと見つめた。

「それ、どういう意味《いみ》なんだ？」

ガガ――――！

ものすごい音を立てて、アーチーが小屋《こや》にぶつかってきた。天井板《てんじょういた》がはずれて、ぼくの頭の上に落《お》ちた。

「ヴェロキラプトルだ！　すばやいどろぼうって意味《いみ》なんだ！」

今度《こんど》は、ぼくが答えを出した。

「すごいぞ！」

ジャックがゆかの骨《ほね》をひっかき回してさがす。

「これだ！　ヴェロキラプトルのかぎづめ！」

ガラガラ！

屋根《やね》が落《お》ちてきた。ぼくとジャックはゆかの上になぎたおされた。モンティはキーッと悲鳴《ひめい》をあげると飛《と》びのいた。さっきまでぼくたちの頭があったところで、レックスのあごが音を立てて閉《と》じた。とうとう、ぼくらの居場所《いばしょ》がばれちゃった！

「あたしの弟からはなれろ、この育《そだ》ちすぎたヤモリめ！」

サッフィのわめき声が聞こえる。

アーチーがレックスのわき腹《ばら》にはげしく体当たりしていた。ほんとうにもう時間がない。

ジャックはヴェロキラプトルのかぎづめをカギ穴《あな》にさしこんだ。円盤《えんばん》がまた少し回る。でも、ゆか下にあるものは、まだ姿《すがた》をあらわさない。

「よし、トビー、最後《さいご》だ。なぞかけは？」

ぼくは読みだした。

「わたしがおそれられる理由《りゆう》は三つある。その先をつかめるか？」

ジャックが頭をかかえた。

「どの先をつかむんだよ？」

「そこがなぞかけなんだ。なにか意味《いみ》があるはずだ」

「そんなのさっぱりわからない！」

ジャックは、かんしゃくを起《お》こしてしまった。

ドッカ―――ン！

小屋全体《こやぜんたい》がばらばらにくずれ落《お》ちた。木切れが頭をかすめて飛《と》びちっていく。

顔を上げると、独眼《どくがん》のレックスがそびえるように立って、ぼくらを見おろしていた。アーチーは苦《くる》しそうな息《いき》をはきながら、横向《よこむ》きにたおれている。わき腹《ばら》を大きく切りさかれていた。

「急《いそ》いで！　さっさとやって！」

サッフィがさけんでいる。アーチーのしっぽの下じきになって、動《うご》けないんだ。

もう、ぼくたちだけだ。

レックスが大きく口を開《あ》けて、ほえたてた。大地をゆるがすほど、でっかい勝利《しょうり》のおたけびだ。そのあと、レックスはかがみこむと、ぼくらを見た。もうだめだ。終《お》わった。

ギャ――――！

足もとを見ると、モンティが体をすりよせていた。かわいそうに、おびえてるんだ。モンティは口に角みたいなものをくわえている。

モンティをまじまじと見ながら、ジャックは大声でいった。

「それだ！　トリケラトプスの角。三本あって、全部《ぜんぶ》、先がとがってる！」

答えがわかったぞ！　先のとがった角だ！　やったぜ、モンティ！

ジャックは角をつかむと、かがみこみ、円盤《えんばん》におしこんだ。

ゴロゴロゴロ。

今にもくずれそうなゆかが開《ひら》きはじめた。

ガオオオオ――――！

見上げると、レックスが口を大きく開《あ》け、おそいかかろうとしている。のこされた時間はあと数秒《すうびょう》だ！

「早く、目玉を！」

ジャックのさけび声で、ぼくはゆか下を見た。そこには、がいこつが横《よこ》たわっていた。古びた赤いジャケットを着《き》て、しゃれた黒いぼうしをかぶっている。そして、左の目には眼帯《がんたい》をかけていた。

サウルス船長だ！

「こっちへ投《な》げろ！」

ジャックがどなった。

「さあ！」

レックスの頭が下りてくる。あと数メートル。ぼくは魔法《まほう》の目玉をむしり取《と》ると、ジャックに投《な》げた。

でも、まにあいそうにないや。レックスの歯《は》がすぐそばまでせまっている。これでおしまいか！　もう宇《う》宙《ちゅう》飛《ひ》行《こう》士《し》にはなれないんだ。とうとう、ここで死《し》んじゃうんだ。

あ――――っ！

第《だい》15章《しょう》　秘密《ひみつ》の地図

ぼくは目を開《あ》けた。

静《しず》かだ。しんと静《しず》まり返《かえ》っている。ぼくは死《し》んでるのかな？　ここは死後《しご》の世界《せかい》かな？　もしそうなら、ぼくの宇宙《うちゅう》ロケットはどこ？　死《し》んだら、みんな宇宙《うちゅう》ロケットをもらえるんじゃなかったの？

「やった！　ぼくたち、のろいをといたんだ！」

ジャックの声がする。

まわりを見回すと、ぼくらはもとのかたい地面《じめん》の上にいた。地われはすっかり消《き》えてなくなっている。恐竜《きょうりゅう》もいない。ジャックは魔法《まほう》の目玉を返《かえ》すのにまにあったんだ！

サウルス船長がいる穴《あな》へかけよってみる。がいこつの船長がじっとぼくを見上げていた。目のくぼみにおさまった魔法《まほう》の目玉が、きらきらかがやいている。取《と》りもどせて喜《よろこ》んでるんだろうな。だれだって自分の目玉がなくなっちゃったら悲《かな》しいもんね。

キ――ッ。

サウルス船長の手が動《うご》いた。

「ひゃあ！」

ジャックが悲鳴《ひめい》をあげる。

ぼくらはうしろへ飛《と》びのいた。船長の骨《ほね》がよみがえろうとしてるの？　今度《こんど》は、がいこつにおそわれるのかな？　ティラノサウルスで、もうじゅうぶんだよ。

でも、なにも起《お》きなかった。ぼくらはもう一度《いちど》、そっと穴《あな》に近づいた。船長が手になにか持《も》っている。紙きれみたいだ。古びて茶色くなったぼろぼろの紙だ。船長は取《と》ってほしいんだろうな。

「トビーの番だよ。ぼくが目玉をもどしたんだからさ」

ジャックがぼくを見た。

深呼吸《しんこきゅう》をしてかがみこむと、ぼくは紙を拾《ひろ》い上《あ》げた。

ボロボロボロ。

穴《あな》がどんどん内側《うちがわ》にくずれこんでいく。ぼくはぎりぎりセーフで手をひっこめた。サウルス船長はいなくなった。地面《じめん》の下へ帰っていったんだ。

「ねえ、トビー、なにがかいてある？」

あ、そうだった。ぼくは紙をそっと開《ひら》いた。地図だ。魔法《まほう》の目玉がなくても読めるぞ。線や点や印《しるし》がいっぱいある。

「生物学者《せいぶつがくしゃ》」と、いちばん上にかいてあった。

「生物学者《せいぶつがくしゃ》？　それだけ？」

ジャックがきょとんとしている。

もう一つの地図をポケットから取《と》り出《だ》した。こっちの地図を見ながら、ここまで来たんだ。ぼくは、二つの地図のちぎれた部分《ぶぶん》をあわせてみた。ぴったりだ！

〈秘密《ひみつ》の地図　サウルス船長は世界的《せかいてき》に有名《ゆうめい》な古生物学者《こせいぶつがくしゃ》〉

サウルス船長は古生物学《こせいぶつがく》を研究《けんきゅう》しているかいぞくだったんだ！

「だから、なぞかけを用意《ようい》したんだな。船長の宝《たから》をふさわしい人に見つけてほしかったんだ！」

ジャックがうなずいた。

わしの目専用
わしの目専用
秘密の地図
サウルス船長は
世界的に有名な古生物学者
湖
独眼のレックスの川
沼地
宝の山
わしの目専用
森
キャンプ場
港
サウルス船長の
財宝
見つけたらサウルス郵便局私書箱1号まで

ふーん。ぼくにはよくわからないんだけど。

「ふさわしい人って？」

ジャックがにかっと笑《わら》う。

「ぼくらだよ。トビーとぼく。真《しん》の恐竜愛好家《きょうりゅうあいこうか》だろ？　お宝《たから》は化石《かせき》さ！」

もう一度《いちど》、地図をながめる。×印《じるし》だらけだ。化石《かせき》のてんこもり！　この中にモンティはいるかな。ぼくは急《きゅう》にさびしくなった。モンティに会いたい。アーチーにも。恐竜《きょうりゅう》は世界《せかい》で一番の親友だ。もちろんジャックはべつだよ。

「いたいた！」

ジャックのパパがぼくらに向《む》かって走ってきた。まだバナナ色の水泳《すいえい》パンツをはいている。

「もういっちゃった？」

ジャックのパパは息《いき》をはずませながらきいた。

「なにが？」

「レサースポット・ギバーリザードだよ。せっかくカメラを見つけたのに、いねむりしちゃったみたいなんだ！」

ジャックは、ぼくにウインクした。

「うん、パパ。いっちゃったよ。みんないなくなっちゃった」

「えっ？　たくさんいたのか？　どっちへいった？　あっちのしげみか？」

ジャックのパパはカメラをかまえてかけだした。

「大人って、あんまり頭よくないよね？」

ジャックはにーっと笑《わら》った。

グウォ―――。

低《ひく》いうなり声がぼくらのうしろから聞こえてきた。

ひゃあ、独眼《どくがん》のレックスだ！　と、思ってふり返《かえ》ると、まったくべつのものがいた。

そこにいたのは、かみはくしゃくしゃ、顔じゅうどろだらけの、ぞっとするほどおそろしいゾンビだった。ぼくらに向《む》かってよろよろ歩いてくる。

ぼくとジャックは、思わずあとずさった。すると、ゾンビは立ち止まり、声をあげて笑《わら》うと、ぼくらのかたにうでを回した。

「キャンプなんて、きっとつまらないだろうと思ってたんだけどさ。あんたたち二人といっしょだと、ちっともたいくつじゃなかったわよ」

ゾンビじゃなくて、サッフィだった。しかも、たった今、サッフィはすっごくすてきなことをした。

笑《わら》ったんだ。

伝説《でんせつ》って、作り話ばかりじゃないんだね！

作者　ニック・フォーク（Nick Falk）

オーストラリア・タスマニア在住の実践心理学者。著書に本書を含む「サウルスストリート」シリーズ（金の星社）「Billy is a Dragon」シリーズ（日本では未訳）など。

訳者　浜田かつこ

大阪生まれ。大阪府立大学卒業。電機メーカー勤務を経て翻訳に携わる。訳書に『夢見る犬たち 五番犬舎の奇跡』『魔法がくれた時間』『魔術学入門』（以上金の星社）『広告にだまされないために（池上彰のなるほど！ 現代のメディア）』『堆積岩（大地の動きと岩石・鉱物・化石）』（文溪堂）などがある。

画家　K-SuKe（けいすけ）

埼玉在住。1974年生まれ。2000年にゲーム会社コナミを退職し、以後フリーのイラストレーターとして活躍中。近年では特撮番組のキャラクターデザインも手がける。絵を担当した主な書籍に『あそぼ！かっこいい！！ えさがしあそび』（成美堂出版）『ライバル おれたちの真剣勝負』（角川学芸出版）など。キャラクターデザイン担当作に「獣電戦隊キョウリュウジャー」「手裏剣戦隊ニンニンジャー」（どちらも各話のゲスト怪人をデザイン。TV朝日系列）。

サウルスストリート　大パニック！ よみがえる恐竜《きょうりゅう》

初版発行　2015年9月
第6刷発行　2017年6月

作　者　ニック・フォーク
訳　者　浜田かつこ
画　家　K-SuKe

発行所　株式会社　金の星社
〒111-0056　東京都台東区小島1-4-3
TEL 03 (3861) 1861（代表）
FAX 03 (3861) 1507
振替 00100-0-64678
ホームページ　http://www.kinnohoshi.co.jp
製版・印刷　株式会社廣済堂
製本　東京美術紙工

NDC933　136p　19.5cm　ISBN978-4-323-05810-8

Published by KIN-NO-HOSHI SHA, Tokyo, Japan

乱丁落丁本は、ご面倒ですが小社販売部宛にご送付下さい。
送料小社負担にてお取替えいたします。

アンキロサウルス
全長：約《やく》10メートル
体重：6～8トン
名前の意味《いみ》：強化《きょうか》されたトカゲ
ミクロラプトル
全長：約《やく》50センチメートル
体重：2～3キログラム
名前の意味《いみ》：小さなどろぼう